LE
RETOUR
DES
BOURBONS.

OUVRAGE ENVOYÉ

Au Concours de l'Académie de Lyon, ouvert pour ce
glorieux événement,

AVEC CETTE DEVISE:

Consolatrix afflictorum.

A PARIS,

De l'Imprimerie de DEMONVILLE, rue Christine, n°. 2.

3 MAI 1816.

LE RETOUR

DES BOURBONS.

Ce petit Poëme, qui n'a pu être admis au concours par une simple infraction des réglemens de l'Académie, ayant été néanmoins l'objet de quelques encouragemens, a paru susceptible de paroître à propos pour l'anniversaire du retour du Roi, et on a pensé que peut-être, quelques bons français seroient satisfaits de retrouver ce jour-là même l'expression de ce qu'ils avoient éprouvé à l'immortelle époque du 3 mai 1814.

MUSES, salut! j'ai retrouvé ma voix!

Durant le cours de vingt tristes années,
Je n'ai point su consacrer des exploits
Dont s'indignoient les mères consternées.
Madrid, Raguse et Lubeck envahis,
N'excitoient point ma verve enthousiaste :
J'aime la gloire utile à mon pays,
Et non l'éclat, quand il n'est qu'un vain faste.
Je me suis tû, sans pouvoir admirer
Tant de lauriers mouillés de tant de larmes,
La France en deuil, l'Europe tout en armes,
Pour un seul nom qui vouloit s'honorer !
Sur ces hauts faits ma voix étoit glacée.
Et quand par fois ils savoient m'éblouir,

1*

Soudain j'avois présens à ma pensée
Les malheureux qu'ils avoient fait gémir.
« Russes, Germains, n'êtes-vous pas mes frères ?
Et nonobstant la guerre et ses fureurs,
Pour habiter des terres étrangères,
Devons-nous être étrangers à vos pleurs ? »
Ainsi, disois-je, et gardant le silence
Parmi l'essor de tant de maux divers,
Je réservois mon amour et mes vers
Pour l'équité, la pitié, la clémence.
Je plaignois fort, jugeant leur embarras,
Ceux qui venoient dans nos académies
Prendre souvent des peines infinies
Pour bien vanter ce qu'ils n'admiroient pas.
Ce grand effort devoit ravir l'estime
Des amateurs de la difficulté,
Et devoit être en tout lieu réputé
Surnaturel, quoique non pas sublime.

Mais, aujourd'hui, le retour des Bourbons
Etant ici l'objet qui nous invite,
J'ai pris l'espoir de trouver dans leurs noms
Un talisman qui vaudra le mérite ;
Oui ! pour louer un prince bienfaiteur,
De sang, de pleurs pieusement avare,
Il n'est besoin d'avoir un talent rare :
On doit trouver sa verve au fond du cœur,
Et j'entre en lice.
                    Un tableau poétique
De ce retour dont l'éclat fut si beau,
Ne requiert point l'art d'un savant pinceau.

La vérité seule est assez magique ;
Car c'est ici qu'un artiste imprudent
Pourroit gâter la nature en l'ornant.
Mais pour contraste aux pompes d'allégresse,
Pour ajouter à leur effet brillant,
Offrons d'abord un lointain effrayant
De deuil, d'horreur, de crimes, de détresse ;
La triste France épuisant son trésor
D'habileté, de force, de jeunesse,
Sans assouvir celui qui veut encor
Braver ses cris, accabler sa foiblesse.
Enfin l'orage amassé par le temps,
L'iniquité, l'oppression, l'outrage,
A la lueur des éclairs menaçants,
Nous rapportant comme nos élémens,
Tous les fléaux du trouble et du ravage.
A cet aspect, le vaisseau de l'Etat
N'espérant plus, dans la main du pilote
Qui, vers l'écueil où désormais il flotte,
L'a dirigé dans son courroux ingrat.
Dans ce péril, dans ce déclin rapide,
Ce beau vaisseau, n'ayant de choix permis
Pour échapper à son nocher perfide,
Que de tomber dans les fers ennemis.
O choix cruel ! effroyable misère !
D'aucun côté ne sourioit l'espoir.....
Quand tout-à-coup se laisse appervoir
Un phâre auguste, un phâre tutélaire ;
Ce noble phâre, augure inespéré,
C'est des Bourbons la bannière sans tache :
L'azur du ciel splendidement détache

Ce blanc symbole aux Français consacré,
Vainqueur des ans, du sort, de l'injustice,
Il offre encore, tel qu'aux jours de splendeur,
Ces mots intacts : *Bonté, sagesse, honneur,*
Qui défioient la force ou l'artifice.
Ah ! comme alors les tristes passagers,
Par leurs transports accueillant l'espérance,
En oubliant la peine et les dangers,
Mènent au port le vaisseau de la France !

Enfin Paris va revoir un Bourbon !
L'écho surpris répète au loin ce nom ;
Ce nom chéri qui, dans cette journée,
Vient conjurer la noire destinée :
Au fond du cœur il n'est plus retenu.
Du prince on vient épier le passage,
Et de chacun on le croiroit connu
Comme un ami qu'on attend au rivage.
Il a paru. Son regard expansif
A divulgué sa noble confiance.
Bientôt un geste et pieux et naïf
Dit : « Grâce au ciel, j'ai retrouvé la France ! »
Ce geste heureux, car il est imprévu,
En trahissant toute une rêverie,
Apprend combien celui qu'on a revu
A su garder l'amour de la patrie ;
Ce geste, mieux que les plus longs discours,
A dit : « Français, nous vous aimions toujours ! »

En cet instant, celui dont le jeune âge
N'a point connu les lys à son berceau,

Troublé soudain par ce muet langage,
Se trouve ému d'un sentiment nouveau,
Et sans regret, sans peines, sans allarmes,
Il s'est surpris tout confus de ces larmes.
L'aspect du Prince, aussitôt dans son cœur,
Fait retentir une corde nouvelle ;
C'est un secret qui tout bas lui révèle
Comment on aime un Roi son bienfaiteur :
C'est le devoir d'un doux respect sans crainte,
Penchant inné, naïf entraînement,
Tout différens de la froide contrainte ;
De ces concours de triste étonnement
Que le tyran compta dans ses annales.
Jeunes Français ! tu dis, dans ton émoi,
Ah ! qu'il est doux ce cri : Vive le Roi !
Comme un plaisir déjà tu le signales.

A ces côtés, au carnage aguerri,
Un guerrier passe, à l'œil sombre et farouche
Mais par ce cri que refuse sa bouche
Il est vaincu, car il est attendri.

Il est français, peut-il haïr ces maîtres,
Qu'ont bien servi Duguesclin et Bayard,
Dont en tout temps, le magique regard
Charma le brave et fit rougir les traîtres ?
Oui, malgré lui, ce fils de la valeur
Eprouvera qu'il est beau de combattre
Sous les drapeaux d'un fils de Henri quatre,
Tel est l'instinct recelé dans son cœur.

Instinct sacré, sois son guide sévère!
Pour l'affermir, qu'il consulte les pleurs
De ce vieillard dont cette heure si chère
Vient d'effacer les antiques douleurs.
» C'est donc bien lui, dit-il, ce prince aimable,
Quoi! dans Paris j'ai pu le contempler,
Je l'ai revu !....... la parque insatiable
Peut d'ici bas, désormais m'exiler. »

Mais, dans la foule, on voit partout des femmes
Oui, c'est surtout, c'est au fond de leurs âmes
Que s'est nourri, le feu pur et sacré
Du noble amour à nos Rois consacré.
Comme il sait bien inspirer leur langage!
Des mots du cœur, des cris délicieux
Vont tour-à-tour se perdre dans les cieux,
Où l'on pourroit envier cet hommage,
Qui plus que vous aussi, sexe charmant!
Dut regretter les fils du *vert galant*,
Puisqu'ils ont tous, en lot héréditaire,
Penchant d'aimer, avec talent de plaire.

Il est pourtant dans ce jour de splendeur,
Il est hélas! des cœurs encor rebelles,
Fermés alors aux douces étincelles
Du feu divin dont éclate l'ardeur.
Sans nous charger du fardeau de la haine
Plaignons amis, le mortel malheureux
Qui, dans ces flots que l'allégresse entraîne,
Montre un front triste, un regard furieux.
Sainte, mais tendre et riche d'indulgence,
Thérèse a dit, en voulant exprimer

L'ange infernal dépourvu d'espérance,
» Ce malheureux qui ne peut point aimer. »
Plaignons ainsi, ceux qu'aigrit notre joie!

Ah! que leur mal va doublement s'aigrir,
Que de transports les feront mieux souffrir!
Dans ce beau jour, où le ciel nous renvoie
Notre Sauveur, Louis le désiré,
Tout bas long-temps, nommé l'inespéré.

L'éclat du jour, le printemps, la nature
Tout de concert, pour orner ce retour
Semble à l'envi lui prêter sa parure,
L'air est chargé d'une vapeur d'amour;
Partout les lys prodigués en guirlandes
Savent si bien décorer les offrandes
Qu'on peut penser, que Flore tout exprès
En a soudain enrichi nos guérêts :
D'un art jaloux, c'est l'aimable conquête.

Pour déployer le luxe du bonheur,
Chaque visage a pris un air de fête :
La voix s'émeut, pleine des sons du cœur.
Tout bon français prend un air de famille,
Et sur les fronts des belles et des grands
Ce n'est point l'or, c'est la gaité qui brille.

Comme un bon père au sein de ses enfants
Notre monarque avec calme s'avance :
Ses traits heureux nous disent : « confiance. »
Et son regard, empreint de majesté,

Prouve de qui son sceptre est hérité.
En admirant cette figure auguste,
Ce front serein, qui n'appartient qu'au juste
On ne sait pas ce qu'on y lit le plus ;
Le droit du rang ou le droit des vertus.

A ses côtés dès qu'on revoit MADAME,
Dans l'allégresse évoquant les douleurs ;
On ne sait plus, si l'on veut de son âme
Laisser jaillir des transports ou des pleurs ;
De son regard on attend la clémence.

Pour l'avenir, elle réserve alors,
D'autres vertus dont les nobles efforts
Sauront au crime opposer leur constance,
Et que Bordeaux va bientôt admirer.
Ses soins alors s'efforçoient d'oublier,
L'adversité, le courroux et l'offense,

On voit renaître en retrouvant Berri,
L'esprit, le cœur, les mœurs du bon Henri,
Son air guerrier, sa gaîté franche et vive
Plaisent d'abord à l'œil de nos soldats
Certains de vaincre en marchant sur ses pas :
Son air séduit, son langage captive.

Nos deux Condés par d'affreux souvenirs
Offrent hélas un contraste aux plaisirs :
En les voyant, chacun dans sa mémoire
Trouve ces mots : l'infortune et la gloire.
Mais on attend un Prince généreux,
Dont la vaillance humble et compatissante,

Modeste en paix , au combat entraînante
Fait aujourd'hui ce que firent nos preux,
Par son exemple , il semble dire aux braves :
» Abandonnez tous ces vœux insensés
D'être Romains, Thébains ou Scandinaves,
Soyons Français, ce sera bien assez.
Soyez Français comme étoient vos ancêtres :
Ainsi que vous, aux succès aguerris,
Ils respectoient, ils chérissoient leurs maîtres,
Comme par eux ils se trouvoient chéris ;
Soyez Français, contens de ce partage.
Chez l'étranger , pensons le sans rougir,
On doit nous craindre et non pas nous haïr.
Pour dominer ayons notre langage,
Nos arts, nos mœurs, nos brillantes vertus.
Un vrai Français, peut-il donc être plus ? »

Du vrai Français, d'Angoulême est l'image
Et cependant, de la calamité
Il doit encor être la noble proie,
Pour que son cœur avec luxe déploie,
Tous les trésors dont le ciel l'a doté.

Mais décrivons le cortège admirable
Que nos Bourbons ramènent avec eux,
Ce sont, amis, ces vertus dont les dieux
Ont embelli leur séjour délectable,
C'est l'honneur vrai , c'est la fidélité,
La piété que décore un sourire,
Près d'elle encor, la tendre humanité
Des conquérans accusant le délire.

L'équité sainte et la noble valeur,
Le vrai courage apprenti du malheur,
Et de son joug, victorieux rebelle,
Viennent aussi dans l'escorte fidèle.

Parmi l'essaim de ces hautes vertus,
J'ai reconnu les grâces délaissées
Au geste affable aux bons mots imprévus,
Au noble aspect, aux heureuses pensées ;
Je vois aussi revenant dans Paris
La franche joie et les aimables ris,
L'urbanité se trouve sur leurs traces.
Tous avoient fui, lorsqu'avoient fui les grâces.

En nous charmant par son luxe nouveau
Que ce cortège offroit un doux augure !
Bientôt Thémis va reprendre un bandeau
Et les bienfaits que dispense Mercure
A nos cités vont rendre la splendeur :
Le laboureur chante en foulant la plaine,
Puisque ses fils vont l'aider sans terreur :
Par-tout un bien à l'autre bien s'enchaîne,
Et le bonheur, étonnant notre espoir,
Semble chez nous déjà prêt à s'asseoir,
Quand..... déchirons cette effroyable page,
Et maudissant l'auteur comme l'ouvrage,
N'admettons pas son affreux souvenir
Parmi des vers consacrés au plaisir ;
Laissons le monstre et sa trace fatale
De la discorde annonçant le séjour ;
Léguer partout pour gage de retour
Quelque lueur de la torche infernale.

Mais bien plutôt dans nos vœux assidus
Invoquons tous, Invoquons l'espérance ;
Elle ne peut abandonner la France
Quand ses Bourbons lui sont enfin rendus,
Livrons, livrons à l'aimable Déesse
Nos cœurs flétris par des coups imprévus,
Que ses bienfaits à nos sens abattus
Rendent la force au sein de la détresse.
Au sort jaloux opposons notre effort,
La gloire, amis, dépend-elle du sort ?
Pour retrouver sa trace rayonnante,
Et ce bonheur qui trompa notre attente,
Et des succès rivaux de nos revers :
Oublions, tous, les maux long-temps soufferts ;
Pour terminer tant de luttes cruelles,
Fléaux issus de nos longues querelles,
Saisissons tous la branche d'olivier
Qu'à reproduit, pour nous y rallier,
Cet arbre heureux dont la racine immense
Compte ses ans par les ans de la France ;
Qui, si long-temps de ses vastes rameaux,
De nos ayeux protégea les berceaux :
Après les coups d'un si funeste orage,
Reposons-nous sous son illustre ombrage,
Et bénissons comme notre trésor
Cette Maison dont l'histoire fait dire,
» Si l'univers peut revoir l'âge d'or,
Sous un Bourbon fleurira son empire. »

LA FLEUR FUNÉRAIRE,

OU LE TOMBEAU DE LOUIS XVI (1).

Pour nous retracer la mémoire
D'un Roi sensible et bienfaisant,
Ce n'est pas des mains de la gloire
Qu'il faut attendre un monument ;
Mais si jamais dans ses trophées
Elle n'inscrivit les malheurs :
Sur les vertus infortunées
L'humanité répand des pleurs.

Ses aïeux, sous des voûtes sombres,
Dormoient dans le marbre et le deuil ;
Louis, sanglant, joignit leurs ombres,
Privé d'asile et de linceuil !
Rien ne rappelle sa souffrance,
Son infortune et sa grandeur ;
Et les mânes du Roi de France
N'ont vu s'élever qu'une fleur.

___

(1) Je me permets de placer ici, pour ainsi dire comme
pièce à l'appui, la romance suivante, parce qu'elle me semble donner le droit à celui qui la fit imprimer en 1806 (*),
de chanter les Bourbons en 1815. Cette fleur, toute ino-
dore et sans éclat, a été, je crois, la première déposée
publiquement en France sur la tombe du Roi martyr. Je
puis regretter qu'elle n'ait aucun mérite littéraire ; mais
ce mérite me semble n'être ici qu'un accessoire.

(*) À la tête du Chansonnier des Grâces, en 1806.

La jacinthe, modeste et sombre,
Remplace le lis abattu ;
Comme elle se plaisoit dans l'ombre,
L'auguste amie de la vertu.
Tout dit que cet hommage honore
L'objet d'une tendre pitié !
Un Dieu jadis la fit éclore
Pour les regrets et l'amitié.

Belle fleur ! sois la noble image
De son destin et de son cœur !
Il fut victime de l'orage,
Et tu redoutes sa fureur ;
Ton parfum consacre ta vie,
L'orage ne peut le ravir ;
Et la vertu malgré l'envie
Est le parfum du souvenir.

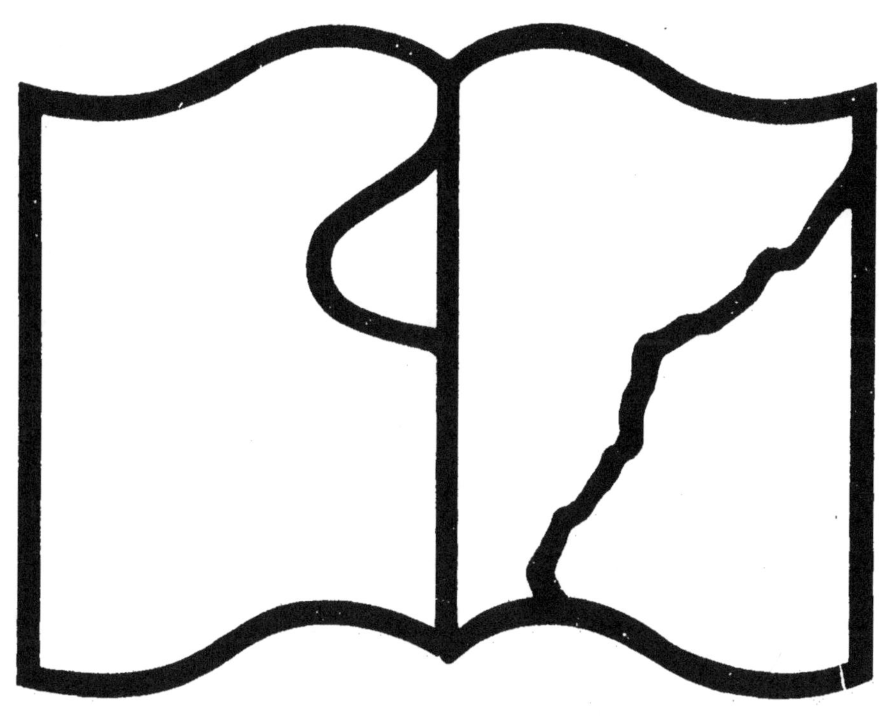

Texte détérioré — reliure défectueuse

NF Z 43-120-11